DONDE YO VIVO

FRANCES WOLFE

Editorial Juventud

© Frances Wolfe, 2001
Edición original: WHERE I LIVE,
publicado por Tundra Books,
Toronto, Canadá
© EDITORIAL JUVENTUD, S. A.
Provença, 101 - 08029 Barcelona
www.editorialjuventud.es
editorialjuventud@retemail.es
Traducción castellana de Elodie Bourgeois
Primera edición, 2002
Depósito legal: B. 11.414-2002
ISBN 84-261-3230-8
Núm. de edición de E. J.: 10.039
Impreso en España - Printed in Spain
Limpergraf, c/ Mogoda 27-29, Barberà del Vallès (Barcelona)

Para Papá y Mamá, por haberme proporcionado

este lugar tan alegre y tranquilo que ha inspirado

los recuerdos de mi infancia

recogidos en este libro.

Los rayos

de sol

centellean

en el agua

como

diamantes

y

las gaviotas

planean

en la brisa

marina,

donde yo vivo.

P otentes

motores

empujan

los barcos

por el mar

y

los remos

mueven

mi pequeña

barca

sobre las olas,

donde yo vivo.

P asamos

tardes

recogiendo

arándanos

y
buscando
las formas
que dibujan
las nubes,
donde yo vivo.

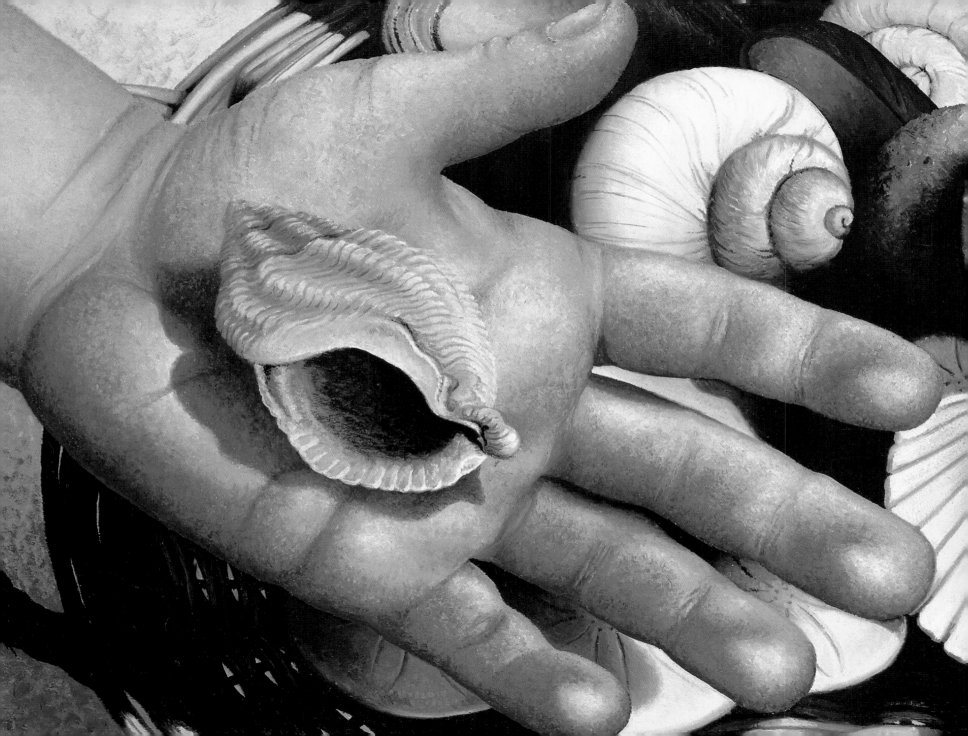

S_e

encuentran

tesoros

maravillosos

en la cálida

arena

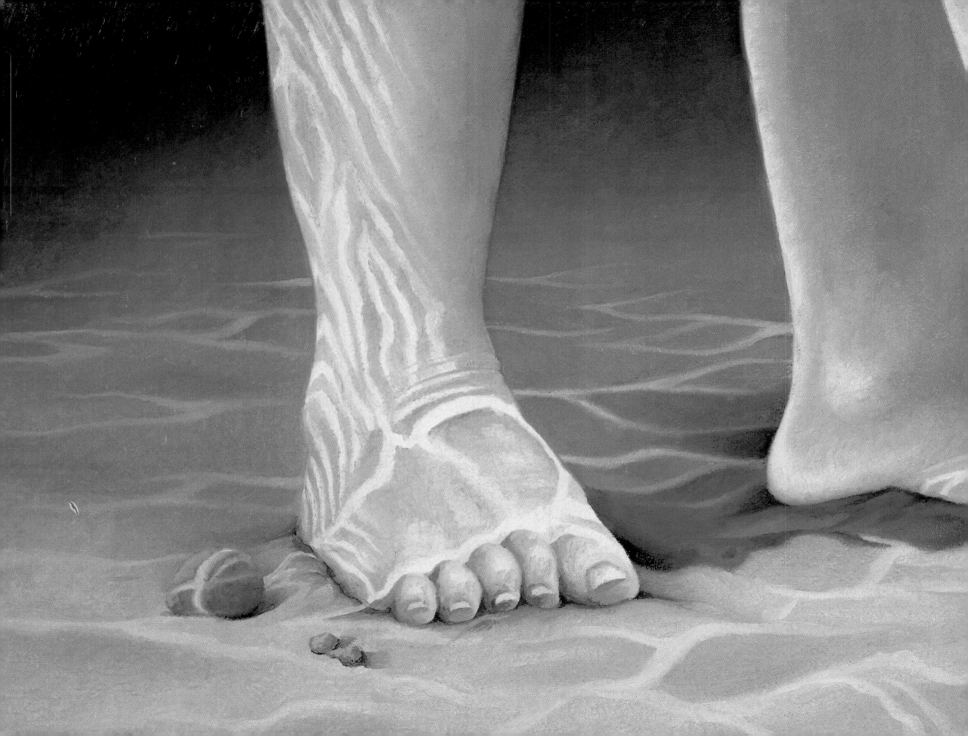

y
en las frescas
y verdes
aguas,
donde yo vivo.

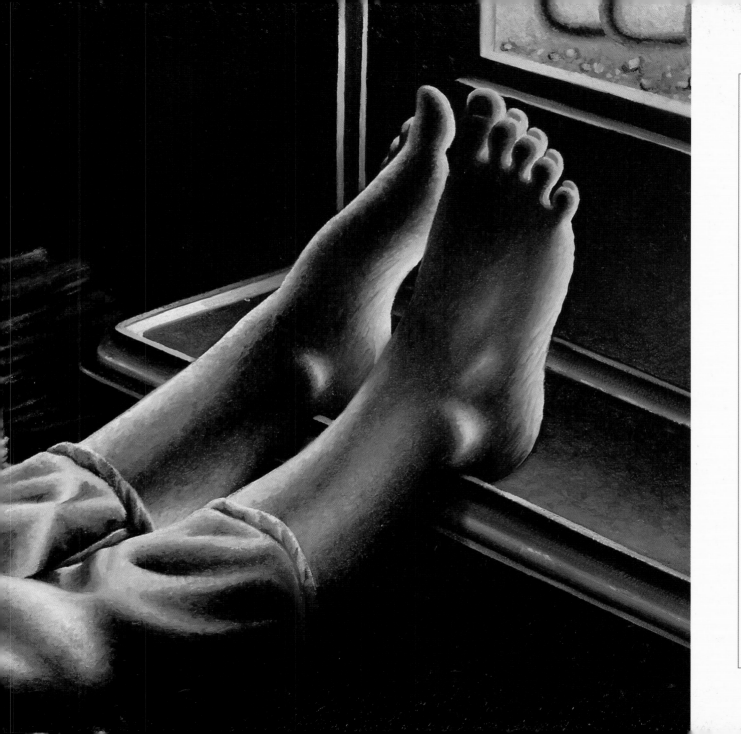

Aparecen

sombras

vacilantes

con la luz

del fuego

y
la luz del faro

guía

los barcos

hacia

puertos seguros,

donde yo vivo.

L os días

tristes

traen gotas

de lluvia

y

paso

las horas

leyendo,

donde yo vivo.

Por la noche

la brisa

juega con

las cortinas

de mi

habitación

y
trae dulces
y tiernos
sueños,
donde yo vivo.

Donde yo vivo... A LA ORILLA DEL MAR.